Vente du Mardi 19 Mars 1872

SALLE N° 2

COLLECTION DE M. DE H***

TABLEAUX
ANCIENS

EXPOSITIONS

PARTICULIERE	PUBLIQUE
Le Dimanche 17 Mars 1872	Le Lundi 18 Mars 1872
DE 1 HEURE 1/2 A 5 HEURES	DE 1 HEURE 1/2 A 5 HEURES 1/2

Mᵉ CHARLES OUDART, COMMISSAIRE-PRISEUR

M. ÉMILE BARRE, EXPERT

J. Claye, imprimeur
7 S.-Benoit 7 à Paris

CONDITIONS DE LA VENTE

Elle sera faite au comptant.

Les acquéreurs payeront *cinq pour cent* en sus du prix d'adjudication.

L'Exposition mettant le public à même de se rendre compte de l'état & de la nature des tableaux, il ne sera admis aucune réclamation une fois l'adjudication prononcée.

CATALOGUE

DES

TABLEAUX

ANCIENS

DES ECOLES

FRANÇAISE, FLAMANDE ET ITALIENNE

COMPOSANT

LA COLLECTION DE M. DE H***

DONT LA VENTE AURA LIEU

HOTEL DROUOT, SALLE N° 2

Le Mardi 19 Mars 1872

A 2 HEURES 1/2

PAR LE MINISTÈRE DE M° CHARLES OUDART, COMMISSAIRE-PRISEUR

31, rue Le Peletier

ASSISTÉ DE M. ÉMILE BARRE, EXPERT

20, Chaussée-d'Antin

Chez lesquels se distribue le présent Catalogue

EXPOSITIONS

PARTICULIÈRE	PUBLIQUE
Le Dimanche 17 Mars 1872	Le Lundi 18 Mars 1872
DE 1 HEURE 1/2 A 5 HEURES	DE 1 HEURE 1/2 A 5 HEURES 1/2

DÉSIGNATION
DES TABLEAUX

BEAUBRUN

1. — Portrait du prince de Condé.

> Il est vêtu d'une cuirasse et a la main appuyée sur un casque.

BÉGA (Corneille)

(Signé.)

2. — La Ménagère hollandaise.

BERESTRATTEN

3. — Vue de la ville de Dordrecht.

BOILLY

4. — Portrait d'une dame artiste à son chevalet.

BOUCHER

5. — Portrait de jeune femme, la tête couverte d'un chapeau de paille, et ornée d'une guirlande de fleurs.

BOUCHER

6. — Groupe d'Amours.

BOUCHER

7. — Groupe d'Amours.

Deux pendants.

BRAUWER (Adrien)

8. — Buveurs et Fumeurs.

CARRÉ (Michel)

9. — Animaux au pâturage.

CARRÉ (Michel)

10. — Le pendant du précédent.

CARRÉ (Michel)

11. — Autre pendant des précédents.

Ces trois tableaux forment une décoration.

DE LA CROIX

12. — Pêcheurs du golfe de Naples.

DEBUCOURT

13. — Le Départ pour la fête du village.

DETROY

14. — Dame assise sur un lit de repos et lisant une lettre.

DOMINIQUIN

15. — Sainte Cécile.

DYCK (Van)

16. — La Vierge tenant dans ses bras l'enfant Jésus.

Magnifique spécimen du maître.

DYCK (Van)

17. — Portrait d'homme en buste.

FRANK

18. — Départ d'Abraham pour l'Égypte.

GÉRARD (Mademoiselle)

19. — Portrait de l'artiste tenant un enfant sur ses genoux.

Près d'elle sa palette et un buste en bronze.

GRECO (El.)

20. — Portrait d'enfant en costume Louis XIII.

GUARDI

21. — Vue des bords de la Tamise et de l'abbaye de Westminster.

GUARDI

22. — Ruines au bord de la mer, avec personnages

HEMSKERKE

23. — Le Galant Buveur.

HEMSKERKE

24. — Le pendant du précédent.

HOLBEIN

25. — Portrait de François II, d'Allemagne.

HOLBEIN (LE VIEUX)

(Signé et daté 1523.)

26. — Portrait de seigneur en costume de velours rouge orné de fourrures, et la tête couverte d'une toque.

HONDEKOETER

27. — Singes et Chiens agaçant un paon et des canards sauvages.

KAYSER (DE)

28. — Artiste dans son atelier.

LANCRET

29. — La Danse champêtre.

LANCRET

30. — Le Concert.

Deux pendants.

LANTARA

31. — Paysage des environs de Paris.

LARGILLIÈRE

32. — Portrait de l'artiste.

LOO (Michel van)

(Signé et daté 1761.)

33. — Portrait de jeune femme en costume de l'époque.

LORRAIN (Claude)

34. — Vue de Venise avec palais et monuments au bord de la mer.

Très-belle composition, animée de figures peintes par Courtois.

MANS

35. — Portrait d'une vieille femme tenant un livre sur ses genoux.

MILLÉ (Fr.)

36. — Site italien, avec fabriques, animé de figures.

MOLYN (P. de)

37. — Paysage avec cours d'eau et figures.

MONI (de)

38. — Jeune Femme tenant des fruits et un poisson.

MONI (de)

39. — Jeune Femme tenant d'une main une coupe et de l'autre une bouteille.

Deux pendants.

MOREAU

40. — L'Avenue d'un château.

NATTIER

41. — Portrait du comte de Provence.

Pastel.

NETSCHER (Gaspard)

42. — Enfant jouant aux dés dans un intérieur de parc orné de monuments et de statues.

PARROCEL

43. — La Halte.

PARROCEL

44. — Le pendant du précédent.

PANINI

45. — Monuments de l'ancienne Rome.

PANINI

46. — Pendant du précédent.

PENNI (Francesco)

(Élève de Raphaël.)

47. — Portrait de Raphaël.

> Il est représenté à mi-corps, la tête couverte d'une toque noire, avec un manteau orné de fourrures sur l'épaule.
>
> Par une fenêtre on aperçoit un paysage dans le lointain.

PORBUS

48. — Portrait de Marguerite d'Écosse.

PORBUS

49. — Portrait de dame en costume de l'époque de Henri III.

PREVOST

50. — L'Amour entouré de fleurs.

REMBRANDT

51. — Portrait d'un bourgmestre.

> Peinture en grisaille faite en imitation d'une gravure, avec le verre cassé.

REMBRANDT

52. — Portrait de la fille du peintre.

REYNOLDS

53. — Portrait d'enfant.

ROBERT (Hubert)

54. — Célébration d'un sacrifice dans un temple orné de statues.

RUBENS

55. — Portrait de Ferdinand d'Autriche.

SCHALLE

56. — La Comparaison.

SCHOVAERTS

57. — Le Marché.

SCKALKEN

58. — Danses de Faunes et de Nymphes.

Composition capitale.

SWEBACK

59. — Courses de chevaux.

TAUNAY

60. — Un pugilat sur la place Trafalgar, à Londres.

TENIERS (PÈRE)

(Signé.)

61. — Intérieur de cuisine flamande.

VALIN

(Signé.)

62. — L'Amour poursuivant l'Innocence.

VÉRONÈSE (ALEXANDRE)

63. — Le Festin de Balthazar.

VIEN

64. — L'Amour studieux.

VIGÉE-LEBRUN (Madame)

65. — Portrait de la duchesse de Parme:

Elle est représentée appuyée sur une balustrade et tenant son enfant par la main.

VIGÉE-LEBRUN (Madame)

66. — Jeune Dame, les cheveux poudrés, tenant un enfant sur ses genoux.

VIVARINI

67. — Sainte Famille.

VOYS (Ary de)

68. — Jeune Dame à sa toilette.

WATTEAU

69. — Le Singe artiste.

Ce tableau est gravé.

WATTEAU

70. — La Déclaration.

WATTEAU

71. — Jeune Femme et son enfant.

WATTEAU

72. — La Guitariste.

WERF (Van der)

73. — Portrait de dame. époque Louis XIV, en Madeleine.

WOUWERMANS (Ph.)

(Signé.)

74. — Chevaux au pâturage : paysage des environs de Scheveningue.

ZIÉGEL

(Signé.)

75. — Bouquet de fleurs dans un vase de terre cuite et fruits posés sur une console.

ZIÉGEL

(Signé.)

76. — Bouquet de fleurs dans un vase de Venise, et fruits.

Ces deux tableaux forment pendants.

ANCIENNE ÉCOLE FRANÇAISE

77. — Portrait de Gabrielle d'Estrées.

PARIS. — J. CLAYE, IMPRIMEUR, 7, RUE SAINT-BENOIT. — [508]